SEM SANGUE

ALESSANDRO BARICCO

Sem sangue

Tradução
Rosa Freire d'Aguiar

COMPANHIA DAS LETRAS

Copyright © 2002 by Alessandro Baricco
Todos os direitos reservados

Título original
Senza sangue

Capa
Mariana Newlands

Imagem de capa
Photolibrary/ Getty Images

Preparação
Márcia Copola

Revisão
Ana Luiza Couto
Mariana Fusco Varella

Dados Internacionais de Catalogação na Publicação (CIP)
(Câmara Brasileira do Livro, SP, Brasil)

Baricco, Alessandro
Sem sangue / Alessandro Baricco ; tradução Rosa Freire
d'Aguiar. — São Paulo : Companhia das Letras, 2008.

Título original : Senza sangue.
ISBN 978-85-359-1241-8

1. Ficção Italiana I. Título.

08-04131   CDD-853

Índice para catálogo sistemático:
1. Ficção : Literatura italiana   853

[2008]

Todos os direitos desta edição reservados à
EDITORA SCHWARCZ LTDA.
Rua Bandeira Paulista 702 cj. 32
04532-002 — São Paulo — SP
Telefone (11) 3707 3500
Fax (11) 3707 3501
www.companhiadasletras.com.br

Sumário

Um, 11
Dois, 39

Nota do autor

Os fatos e personagens a que esta história alude são imaginários e não se referem a nenhuma realidade particular. A escolha de nomes hispânicos deve-se a razões puramente musicais e não pretende sugerir uma inserção temporal ou geográfica dos acontecimentos.

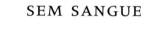

UM

No campo, a velha casa da fazenda de Mato Rujo erguia-se escura, esculpida em preto contra a luz da noite. A única mancha no perfil vazio da planície. Os quatro homens chegaram num velho Mercedes. A estrada era esburacada e seca — estrada pobre de campo. Da casa da fazenda, Manuel Roca os viu. Aproximou-se da janela. Primeiro viu a coluna de poeira levantar-se sobre o perfil do milharal. Depois ouviu o ronco do motor. Por aquelas bandas mais ninguém tinha carro. Manuel Roca sabia. Viu o Mercedes despontar ao longe e depois desaparecer atrás de uma fileira de carvalhos. Depois parou de olhar.

Voltou para a mesa e pôs a mão na cabeça da filha. Levante-se, disse. Pegou no bolso uma chave, colocou-a sobre a mesa e fez um sinal para o filho. Depressa, disse o filho. Eram crianças, duas crianças.

* * *

Na bifurcação do riacho, o velho Mercedes desviou-se da estrada que ia para a fazenda e prosseguiu rumo a Alvarez, fingindo se afastar. Os quatro homens viajavam em silêncio. O que dirigia usava uma espécie de uniforme. O outro homem sentado na frente usava um terno creme. Bem passado. Fumava um cigarro francês. Desacelere, disse.

Manuel Roca ouviu o ronco se afastar na direção de Alvarez. Quem acham que estão enganando?, pensou. Viu o filho voltar para a sala com um fuzil na mão e outro debaixo do braço. Ponha-os ali, disse. Depois se virou para a filha. Venha, Nina. Não tenha medo. Venha cá.

O homem elegante apagou o cigarro no cinzeiro do painel do Mercedes, depois disse ao que dirigia que parasse. Aqui está bom, disse. E desligue esse inferno. Ouviu-se o ruído do freio de mão, como uma corrente que se deixasse cair num poço. Depois, mais nada. O campo parecia engolido por um irremediável sossego.

Era melhor ter ido direto à casa dele, disse um dos dois sentados atrás. Do contrário terá tempo de escapar, disse. Tinha uma pistola na mão. Era apenas um rapaz. Chamavam-no Tito.

Não escapará, disse o homem elegante. Está farto de escapar. Vamos.

Manuel Roca afastou as cestas repletas de frutas, inclinou-se, levantou a tampa escondida de um alçapão e deu uma olhada lá dentro. Era pouco mais que um grande buraco escavado na terra. Parecia a toca de um animal.

— Escute, Nina. Agora vai chegar gente e eu não quero que a vejam. Você deve se esconder aqui dentro, o melhor a fazer é se esconder aqui dentro e esperar até eles irem embora. Entendeu?

— Entendi.

— Você só precisa ficar calma, ali embaixo.

— ...

— Aconteça o que acontecer, você não deve sair, não deve se mexer, só tem de ficar calma e esperar.

— ...

— Vai dar tudo certo.

— Está bem.

— Escute. Pode ser que eu tenha de ir com esses senhores. Você não vai sair daí até o seu irmão vir buscá-la, entendeu? Ou até você perceber que não há mais ninguém e que tudo terminou.

— Sei.

— Precisa esperar que não tenha mais ninguém.

— ...

— Não tenha medo, Nina, nada pode lhe acontecer. Está bem?

— Sim.

— Agora me dê um beijo.

A menina encostou os lábios na testa do pai. O pai passou a mão em seus cabelos.

— Vai dar tudo certo, Nina.

Depois ficou ali, como se ainda tivesse de dizer, ou fazer, alguma coisa.

— Não era isso que eu queria.

Disse.

— Lembre-se sempre que não era isso que eu queria.

A menina procurou instintivamente nos olhos do pai alguma coisa que a ajudasse a entender. Não viu nada. O pai se inclinou para ela e a beijou nos lábios.

— Agora vá, Nina. Ande, vá lá para baixo.

A menina deixou-se cair no buraco. A terra era dura e seca. Ela se deitou.

— Espere, tome isto.

O pai lhe deu um cobertor. Ela o estendeu sobre a terra, depois se deitou de novo.

Ouviu o pai lhe dizendo alguma coisa, depois viu a tampa do alçapão baixar. Fechou os olhos, e os reabriu. Pelas tábuas do soalho filtravam lâminas de luz. Ouviu a voz do pai, que continuava a falar com ela. Ouviu o barulho das cestas arrastadas pelo chão. Ficou mais escuro, lá embaixo. Seu pai lhe perguntou alguma coisa. Ela respondeu. Tinha se deitado de lado. Dobrara as pernas, e ali estava, encolhida, como se estivesse na sua cama, não tendo nada para fazer senão adormecer, e sonhar. Ouviu o pai lhe dizer mais alguma coisa, com doçura, inclinado sobre o soalho. Depois ouviu um tiro, e o barulho de uma janela se espatifando em mil pedaços.

— ROCA!... VENHA AQUI FORA, ROCA... NÃO FAÇA ASNEIRAS E VENHA AQUI FORA.

Manuel Roca olhou para o filho. Arrastou-se até ele, ficando atento para não acabar exposto. Esticou-se para pegar o fuzil em cima da mesa.

16

— Saia daí, céus. Vá se esconder no depósito de lenha. Não vá lá fora, não deixe que o vejam, não faça nada. Leve o fuzil e mantenha-o carregado.

O menino olhava fixo para ele, sem se mexer.

— Mexa-se. Faça o que eu lhe disse.

Mas o menino deu um passo na direção dele.

Nina ouviu uma saraivada de tiros varrer a casa, em cima dela. Poeira e cacos de vidro deslizando lá em cima, pelas frestas do soalho. Não se mexeu. Ouviu uma voz que gritava lá fora.

— ENTÃO, ROCA. TEMOS DE IR BUSCÁ-LO?... ESTOU FALANDO COM VOCÊ, ROCA. TENHO DE IR BUSCÁ-LO?

O menino ficara em pé, exposto. Pegara seu fuzil, mas o mantinha abaixado. Fazia-o balançar, apertando-o numa das mãos.

— Vá embora — disse-lhe o pai —, está me ouvindo?, vá embora daqui.

O menino se aproximou dele. Pensava em se ajoelhar no chão e ser abraçado pelo pai. Imaginava uma coisa desse gênero.

O pai apontou-lhe o fuzil. Falou em voz baixa, mas com brutalidade.

— Vá embora, ou eu te mato.

Nina ouviu de novo aquela voz.

— ÚLTIMO AVISO, ROCA.

Uma rajada sacudiu a casa, para a frente e para trás como um pêndulo, parecia que não acabava mais, para a frente e para trás como a luz de um farol, sobre o betume do mar negro, pacientemente.

Nina fechou os olhos. Grudou-se no cobertor e se encolheu mais ainda, puxando os joelhos para perto do peito. Gostava de ficar assim. Sentia a terra, fresca, sob o quadril, a protegê-la — ela não poderia traí-la. E sentia o próprio corpo encolhido, enroscado em si mesmo como uma concha — gostava disso —, era concha e animal, refúgio de si mesma, era tudo, era tudo para si mesma, nada poderia lhe fazer mal enquanto permanecesse naquela posição — reabriu os olhos e pensou Não se mexa, você é feliz.

Manuel Roca viu o filho desaparecer atrás da porta. Depois se levantou o suficiente para dar uma espiada lá fora, pela janela. Tudo bem, pensou. Mudou de janela, ergueu-se, olhou rapidamente e disparou.

O homem de terno creme xingou e se jogou no chão. Mas olhe esse puto, disse. Balançou a cabeça. Mas olhe esse filho-da-puta. Ouviu outros dois tiros chegarem da casa da fazenda. Depois ouviu a voz de Manuel Roca.

— VAI TOMAR NO CU, SALINAS.

O homem de terno creme cuspiu no chão. Vai você, seu puto. Deu uma olhada à direita e viu El Gurre piscar os olhos, acocorado atrás de um monte de lenha. Fez-lhe sinal para que atirasse. El Gurre continuava a piscar. Segurava a pequena metralhadora com a mão direita, e com a esquerda procurava um cigarro no bolso. Não parecia ter pressa. Era pequeno e magro, usava um chapéu imundo na cabeça e, nos pés, botas de montanha, enormes. Olhou para Salinas. Encontrou o cigarro. Colocou-o entre os lábios. Todos o chamavam El Gurre. Levantou-se e começou a atirar.

Nina ouviu a rajada varrer a casa, em cima dela. Depois o silêncio. E logo em seguida outra rajada, mais longa. Estava de olhos abertos. Olhava as frestas do soalho. Olhava

18

a luz, e a poeira que vinha dali. De vez em quando via uma sombra passar — era seu pai.

Salinas arrastou-se para perto de El Gurre, atrás do monte de lenha.

— Quanto tempo Tito leva para entrar lá?

El Gurre deu de ombros. Continuava a piscar. Salinas deu uma olhada para a casa da fazenda.

— Daqui, nós jamais entraremos lá, ou ele entra ou estamos na merda.

El Gurre acendeu o cigarro. Depois disse que o rapaz era esperto e que iria fazê-lo. Disse que sabia rastejar como uma cobra e que era preciso confiar nele.

Depois disse: Agora vamos fazer um pouco de barulho.

Manuel Roca viu El Gurre despontar de trás da pilha de lenha e se jogou no chão. A rajada chegou pontual, prolongada. Preciso sair daqui, ele pensou. A munição. Primeiro a munição, depois arrastar-se até a cozinha e dali direto para os campos. Será que puseram alguém também nos fundos da casa? El Gurre não é estúpido, decerto pôs alguém ali. Mas de lá não vão atirar. Se tivesse gente lá, já teriam disparado. Talvez quem esteja comandando não seja El Gurre. Talvez seja aquele velhaco do Salinas. Se for o Salinas, posso arriscar. Ele não entende nada, o Salinas. Fique atrás da escrivaninha, Salinas, é a única coisa que você sabe fazer. Vai se foder. Primeiro a munição.

El Gurre atirava.

A munição. E o dinheiro. Tomara que eu consiga levar também o dinheiro. Eu devia ter escapado logo, era isso que eu devia ter feito. Que babaca. Agora tenho de sair daqui, se pelo menos isso parasse por um instante, onde ele terá conseguido uma metralhadora?, eles têm um automóvel e uma metralhadora. Fico muito agradecido, Salinas.

A munição. Agora, o dinheiro.

El Gurre atirava.

Nina ouvia as janelas se esfarelarem sob os tiros da metralhadora. Depois, lâminas de silêncio entre uma rajada e outra. No silêncio, a sombra de seu pai se arrastando entre os vidros. Com uma das mãos ajeitou a saia. Parecia um artesão disposto a dar um acabamento em seu trabalho. Agachada, de lado, começou a eliminar, uma a uma, as imprecisões. Juntou os pés até sentir as pernas perfeitamente alinhadas, as duas coxas suavemente unidas, os joelhos como duas xícaras em equilíbrio uma sobre a outra, os tornozelos separados por um vão. Controlou de novo a simetria dos sapatos, emparelhados tal qual numa vitrine, mas de banda, como se *deitados*, de cansaço. Gostava daquela ordem. Se você é uma concha, a ordem é importante. Se você é concha e animal, tudo deve ser perfeito. A exatidão vai salvá-lo.

Ouviu extinguir-se o estremecimento de uma longuíssima rajada. E logo depois a voz de um rapaz.

— Largue esse fuzil, Roca.

Manuel Roca virou a cabeça. Viu Tito, em pé, a poucos metros. Estava apontando uma pistola para ele.

— Não se mexa e solte esse fuzil.

De fora partiu outra rajada. Mas o rapaz não se mexeu, ficou ali, em pé, a pistola apontada. Sob aquela chuva de tiros, os dois permaneceram imóveis, encarando-se, como um só animal que tivesse parado de respirar. Manuel Roca, meio estirado no chão, fixou os olhos no rapaz, em pé, exposto. Tentou descobrir se era um menino ou um soldado, se era a milésima vez ou a primeira, e se havia um cérebro ligado àquela pistola ou apenas a cegueira de um instinto. Viu o cano da pistola tremer imperceptivelmente, como se desenhasse um minúsculo garrancho no ar.

— Calma, rapaz — disse.

Lentamente pousou o fuzil no chão. Com um chute o fez deslizar para o meio da sala.

— Está tudo bem, rapaz — disse.

Tito não parava de encará-lo.

— Cale a boca, Roca. E não se mexa.

Chegou outra rajada. El Gurre trabalhava com método. O rapaz esperou que acabasse, sem baixar a pistola nem os olhos. Quando voltou o silêncio, ele deu uma espiada pela janela.

— SALINAS! PEGUEI-O, PARE COM TUDO, PEGUEI-O.

E depois de um instante:

— SOU EU, TITO. PEGUEI-O.

— Ele conseguiu, porra — disse Salinas.

El Gurre deu uma espécie de sorriso, sem se virar. Estava observando o cano da metralhadora como se ele mesmo o tivesse esculpido, nas horas vagas, num galho de freixo.

Tito procurou-o na luz da janela.

Manuel Roca se levantou devagar, o suficiente para apoiar as costas na parede. Pensou na pistola que o comprimia no quadril, enfiada na calça. Tentou lembrar se estava carregada. Roçou-a com a mão. O rapaz nada percebeu.

Vamos, disse Salinas. Deram a volta no monte de lenha e seguiram direto para a casa da fazenda. Salinas andava ligeiramente curvo, como tinha visto fazerem nos filmes. Era ridículo como todos os homens que combatem: sem se dar conta. Estavam atravessando o pátio quando ouviram, lá dentro, um tiro de pistola.

El Gurre saiu correndo, chegou diante da porta da casa e a abriu com um pontapé.

Com um pontapé arrebentara a porta da estrebaria, três anos antes, depois entrara e vira sua mulher enforcada, dependurada no teto, e suas duas filhas com os cabelos raspados, as coxas sujas de sangue.

Abriu a porta com um pontapé, entrou e viu Tito, em pé, a pistola apontada para um canto da sala.

— Tive de atirar. Ele tem uma pistola — disse o rapaz.

El Gurre olhou para o canto. Roca jazia estirado de costas. Sangrava num braço.

— Acho que tem uma pistola — disse ainda o rapaz. — Escondida em algum lugar — acrescentou.

El Gurre se aproximou de Manuel Roca.

Olhou para o ferimento no braço. Depois olhou para a cara do homem.

— Olá, Roca — disse.

Apoiou um sapato sobre o braço ferido de Roca e começou a esmagar. Roca uivou de dor e se virou sobre si mesmo. A pistola escorregou para fora da calça. El Gurre se abaixou para apanhá-la.

— Você é esperto, rapaz — disse. Tito assentiu. Percebeu que ainda mantinha o braço esticado diante de si, e a pistola em punho, apontada para Roca. Baixou-a. Sentiu os dedos relaxarem em torno do gatilho. Toda a sua mão doía, como se ele tivesse dado socos numa parede. Calma, pensou.

Nina lembrou-se daquela canção que começava assim:

22

Conte as nuvens, a hora chegará. Depois dizia alguma coisa sobre uma águia. E terminava com todos os números, um depois do outro, de um a dez. Mas também se podia cantar contando até cem, ou mil. Uma vez ela contou até duzentos e quarenta e três. Pensou que agora sairia dali e veria quem eram aqueles homens, e o que queriam. Cantaria a música inteira e depois se levantaria. Se não conseguisse abrir o alçapão, gritaria, e seu pai iria buscá-la. Mas ficou assim, deitada de lado, os joelhos encolhidos perto do peito, os sapatos em equilíbrio um sobre o outro, a face sentindo o frescor da terra através da lã grosseira do cobertor. Começou a cantar aquela canção, com um fio de voz. Conte as nuvens, a hora chegará.

— Aqui nos reencontramos, doutor — disse Salinas.

Manuel Roca olhou para ele sem falar. Um retalho de pano comprimia seu ferimento. Haviam-no feito sentar no meio da sala, sobre um caixote de madeira. El Gurre estava atrás dele, em algum lugar, apertando na mão sua metralhadora. O rapaz tinha sido posto na porta: controlava para que não viesse ninguém, lá de fora, e de vez em quando se virava, e olhava para o que acontecia na sala. Quanto a Salinas, ele andava para a frente e para trás. Um cigarro aceso entre os dedos. Francês.

— Você me fez perder muito tempo, sabe? — disse.

Manuel Roca ergueu os olhos para ele.

— Você é louco, Salinas.

— Trezentos quilômetros para vir até aqui desentocá-lo. É muita estrada.

— Diga-me o que quer e vá embora.

— O que quero?

— O que quer, Salinas?

Salinas riu.

— Quero você, doutor.

— Você está louco. A guerra acabou.

— O que disse?

— A guerra acabou.

Salinas se inclinou sobre Manuel Roca.

— Quando uma guerra acaba, quem vence é que decide.

Manuel Roca balançou a cabeça.

— Você lê romances demais, Salinas. A guerra acabou, e ponto final, será que você não entende?

— Não a sua. Não a minha, doutor.

Então Manuel Roca começou a berrar que não deviam tocar nele, que acabariam todos na prisão, que iriam ser pegos e passariam o resto da vida apodrecendo na cadeia. Berrou para o rapaz se ele gostava da idéia de envelhecer atrás das grades contando as horas e chupando o pau de um assassino asqueroso. O rapaz olhou para ele sem responder. Então Manuel Roca gritou que ele era um imbecil, que o estavam enganando e que estavam fodendo com a sua vida. Mas o rapaz não disse nada. Salinas ria. Olhava para El Gurre e ria. Estava com jeito de quem se divertia. No final voltou a ficar sério, postou-se diante de Manuel Roca e mandou que ele se calasse, de uma vez por todas. Enfiou a mão dentro do paletó e tirou uma pistola. Depois disse a Roca que não devia se preocupar com eles, que nunca ninguém ficaria sabendo de nada.

24

— Você vai desaparecer no nada, e não se falará mais disso. Seus amigos o abandonaram, Roca. E os meus estão muito ocupados. Ao matá-lo, apenas damos um grande prazer a todos. Está fodido, doutor.

— Vocês são loucos.

— O que disse?

— Vocês são loucos.

— Diga de novo, doutor. Gosto de ouvi-lo falar de loucos.

— Vai se foder, Salinas.

Salinas fez pular a trava da pistola.

— Então me escute, doutor. Sabe quantas vezes eu atirei, em quatro anos de guerra? Duas vezes. Não gosto de atirar, não gosto de armas, jamais quis levar armas comigo, não me divirto em matar, combati a minha guerra sentado numa escrivaninha, Salinas, o Rato, lembra?, era assim que os seus amigos me chamavam, fodi com todos eles, um a um, decifrava as mensagens em código e grudava meus espiões nos colhões deles, eles me desprezavam e eu fodia com eles, foi assim por quatro anos, mas a verdade é que só atirei duas vezes, uma foi de noite, atirei no escuro contra ninguém, a outra foi no último dia da guerra, atirei no meu irmão

me escute bem, entramos naquele hospital antes que o exército chegasse, queríamos entrar, nós, para matar todos, mas não os encontramos, vocês tinham fugido, não é?, tinham farejado o ar, tiraram o uniforme de algozes e foram embora, deixando tudo lá, como estava, leitos por toda parte, até nos corredores, doentes por todo canto, mas, me lembro bem, não se ouvia um lamento, nem um ruído, nada, isso eu jamais esquecerei, havia um silêncio absoluto, todas as noites de minha vida continuarei a ouvi-lo, um silêncio absoluto, eram os nossos amigos, ali nos leitos, e estávamos indo libertá-los, estávamos salvando-os, mas, quando chegamos, nos receberam em silêncio, e isso porque já não tinham nem força para se queixar e, para dizer a verdade, já não tinham vontade de estar vivos, não queriam ser salvos, essa é a verdade, vocês os haviam reduzido a um estado tal que eles só queriam morrer, o mais depressa possível, não queriam ser salvos, queriam ser mortos

encontrei meu irmão num leito no meio dos outros, lá na capela, ele olhou para mim como se eu fosse uma miragem distante, tentei falar com ele mas ele não respondia, eu não conseguia entender se estava me reconhecendo, inclinei-me, supliquei que respondesse, pedi que dissesse alguma coisa, ele estava com os olhos esbugalhados, a respiração lentíssima, alguma coisa que parecia uma longa agonia, eu estava debruçado sobre ele quando ouvi sua voz dizer Por favor, muito devagar, num esforço sobre-humano, uma voz que parecia vir do inferno, que não tinha nada a ver com a voz dele, meu irmão tinha uma voz sonora, quando falava parecia rir, mas aquela voz era totalmente diferente, disse devagar Por favor e só um pouco depois disse também Mate-me, os olhos não tinham expressão, nada, eram como os olhos de outro, o corpo estava imóvel, havia somente aquela respiração lentíssima que subia e descia eu disse a ele que

iria levá-lo embora dali, que tudo tinha   terminado
e que agora eu iria cuidar dele, mas ele parecia afundado
em seu inferno, voltara para o lugar de onde viera, tinha
dito o que queria dizer e depois retornara para o seu pesadelo, o que eu podia fazer?, pensei como podia levá-lo embora dali, olhei ao redor em busca de ajuda, queria levá-lo
embora dali, disso eu tinha certeza, e, no entanto, não conseguia me mexer, não consegui mais me mexer, não sei quanto tempo passou, o que me lembro é que a certa altura me
virei e a poucos metros de mim vi o Blanco, estava em pé,
ao lado de um leito, com a metralhadora no ombro, e esmagava um travesseiro na cara daquele rapaz, aquele que
estava deitado no leito

o Blanco chorava e

esmagava o travesseiro, no silêncio da capela se ouviam apenas os seus soluços, o rapaz nem se mexia, não fazia barulho, partia em silêncio, mas o Blanco, sim, soluçava, como
uma criança, depois pegou o travesseiro e com os dedos fechou os olhos do rapaz, e então olhou para mim, eu estava olhando para ele e ele olhou para mim, eu queria lhe dizer O que está fazendo?, mas não saiu nada, e foi naquele
momento que alguém entrou e disse que o exército estava
chegando, que devíamos cair fora, eu me senti perdido,
não queria ser encontrado ali, ouvia o barulho dos outros
que corriam pelos corredores, então tirei o travesseiro de sob

a cabeça de meu irmão, suavemente, fiquei olhando por algum tempo para aqueles olhos assustadores, apoiei o travesseiro em sua face e comecei a apertar, debruçado sobre meu irmão, apertava com as mãos o travesseiro e sentia os ossos do rosto de meu irmão, ali debaixo, sob as minhas mãos, não se pode pedir a ninguém que faça uma coisa dessas, não podiam pedir a mim, tentei resistir mas a certa altura desisti, larguei tudo, meu irmão ainda respirava, mas era como se fosse escavar o ar no fundo do inferno, era uma coisa terrível, os olhos imóveis e aquele estertor, eu olhava para ele e me dei conta de que estava gritando, ouvi minha voz gritando, mas como de longe, como um lamento monótono e desmaiado, eu não conseguia mantê-la, ela ia embora assim, eu ainda gritava quando notei o Blanco, estava ao meu lado, não dizia nada mas me estendia uma pistola, enquanto eu gritava, e todos estavam fugindo, nós dois lá dentro, estendeu-me a pistola, eu a peguei, encostei o cano na testa de meu irmão, sem parar de gritar, e disparei.

Olhe para mim, Roca. Eu disse para você olhar para mim. A guerra inteira atirei duas vezes, a primeira foi de noite contra ninguém, a segunda atirei à queima-roupa, no meu irmão.

Quero lhe dizer uma coisa. Vou atirar mais uma vez, a última.

Então Roca recomeçou a gritar.

— EU NÃO TENHO NADA A VER COM ISSO.

28

— Não tem nada a ver?

— EU NÃO TENHO NADA A VER COM O HOSPITAL.

— QUE DIABO ESTÁ DIZENDO?

— EU FAZIA O QUE ME MANDAVAM.

— VOCÊ...

— EU NÃO ESTAVA QUANDO...

— QUE PORRA ESTÁ DIZENDO...

— JURO, EU...

— AQUELE ERA O SEU HOSPITAL, SEU FILHO-DA-PUTA.

— MEU HOSPITAL?

— AQUELE ERA O SEU HOSPITAL, VOCÊ ERA O MÉDICO QUE ATEN-DIA ALI, VOCÊ OS MATOU, OS DESPEDAÇOU, ELES OS MANDAVAM PA-RA VOCÊ E VOCÊ OS DESPEDAÇAVA...

— EU NUNCA...

— CALE A BOCA!

— JURO, SALINAS...

— CALE A BOCA!

— EU NÃO...

— CALE A BOCA!

Salinas encostou o cano da pistola num dos joelhos de Roca. Depois disparou. O joelho explodiu como uma fruta podre. Roca caiu para trás e se encolheu no chão, uivando de dor. Salinas estava em cima dele, em pé, apontava-lhe a pistola e continuava a gritar.

— EU TE MATO, ENTENDEU? ESTOU TE MATANDO, SEU FILHO-DA-PUTA, EU TE MATO.

El Gurre avançou um passo. O rapaz, na porta, olhava, em silêncio. Salinas gritava, seu terno creme estava salpi-cado de sangue, ele gritava com uma estranha voz estriden-te, parecia estar chorando. Ou já não ser capaz de respirar.

29

Berrava que iria matá-lo. Depois todos ouviram uma voz impossível dizer alguma coisa baixinho.

— Vão embora.

Viraram-se e viram um menino, em pé, do outro lado da sala. Segurava um fuzil e o mantinha apontado para eles. Disse mais uma vez, baixinho:

— Vão embora.

Nina ouvia a voz rouca de seu pai, que agonizava de dor, e depois ouviu a voz de seu irmão. Pensou que, quando saísse dali, iria para o lado do irmão e lhe diria que ele tinha uma voz belíssima, pois de verdade lhe pareceu belíssima, tão limpa e infinitamente infantil, aquela voz que ela ouvira murmurar lentamente:

— Vão embora.

— MAS QUE PORRA...

— É o filho, Salinas.

— QUE PORRA ESTÁ DIZENDO?

— É o filho de Roca — disse El Gurre.

Salinas praguejou alguma coisa, começou a berrar que não devia haver ninguém ali, NINGUÉM DEVIA ESTAR AQUI, QUE HISTÓRIA É ESSA, VOCÊS DISSERAM QUE NÃO HAVIA NINGUÉM, gritava e não sabia para onde apontar a pistola, olhava para El Gurre, e depois para o rapaz, e depois, afinal, olhou para o menino com o fuzil e berrou que ele era um imbecil fodido e que não sairia vivo dali se não largasse imediatamente aquele fuzil desgraçado.

O menino ficou calado e não baixou o fuzil.

Então Salinas parou de gritar. A voz dele saiu calma e feroz. Disse ao menino que agora ele sabia que raça de homem era seu pai, agora ele sabia que era um assassino, que

30

tinha matado dezenas de pessoas, às vezes as envenenava pouco a pouco, com os seus remédios, mas outras as matara abrindo-lhes o peito e depois deixando-as ali à morte. Disse ao menino que ele tinha visto com os próprios olhos rapazes saírem daquele hospital com o cérebro queimado, caminhando com dificuldade, não falavam, e eram como crianças idiotas. Disse-lhe que chamavam o pai dele de Hiena, e que eram seus próprios amigos que o chamavam assim, Hiena, e faziam isso rindo. Roca, no chão, agonizava. Começou a murmurar baixinho Socorro, como de longe — socorro, socorro, socorro —, uma ladainha. Sentia a morte chegar. Salinas nem sequer olhou para ele. Continuava a falar com o menino. O menino estava ouvindo, imóvel. No final Salinas lhe disse que as coisas eram assim, e que era tarde para fazer alguma coisa, até mesmo segurar um fuzil. Olhou em seus olhos, com um cansaço infinito, e perguntou se ele tinha entendido quem era aquele homem, se tinha entendido de verdade. Com uma das mãos apontava para Roca. Queria saber se o menino tinha entendido quem ele era.

O menino juntou tudo o que sabia, e o que havia entendido da vida. Respondeu:

— É meu pai.

Depois disparou. Um só tiro. No vazio.

El Gurre revidou instintivamente. A rajada levantou o menino do chão e o arremessou contra a parede, numa papa de chumbo, ossos e sangue. Como um pássaro atingido no vôo, pensou Tito.

Salinas se jogou no chão. Terminou deitado ao lado de Roca. Por um momento os dois homens se olharam. Da garganta de Roca saiu um uivo opaco, horrível. Salinas pulou para trás, se arrastando pelo chão. Virou-se de costas para tirar de cima de si os olhos de Roca. Começou a tremer todo. Ao redor, havia um grande silêncio. Só aquele uivo horrível. Salinas se ajoelhou e olhou para o fundo da sala. O corpo do menino estava encostado na parede, estraçalhado pelos tiros de metralhadora, esburacado de ferimentos. O fuzil tinha voado para um canto. Salinas viu que o menino estava com a cabeça virada para trás, e na boca aberta viu os pequenos dentes brancos, ordenados e brancos. Então se deixou cair de costas. Tinha diante dos olhos as vigas enfileiradas do teto. Madeira escura. Velha. Todo o seu corpo tremia. Não conseguia manter firmes as mãos, as pernas, nada.

Tito deu dois passos na sua direção.

El Gurre o deteve com um gesto.

Roca uivava um uivo imundo, um uivo de morto.

Salinas disse baixinho:

— Mande-o parar.

Falou tentando controlar o rangido alucinado dos dentes.

El Gurre procurou seus olhos para entender o que ele queria.

Os olhos de Salinas fitavam o teto. Vigas enfileiradas de madeira escura. Velha.

— Mande-o parar — repetiu.

El Gurre avançou um passo.

Roca uivava, estendido no próprio sangue, a boca horrendamente escancarada.

El Gurre enfiou-lhe na garganta o cano da metralhadora.

Roca continuou a berrar, contra o ferro quente do cano.

El Gurre disparou. Uma rajada curta. Seca. A última de sua guerra.

— Mande-o parar — disse ainda Salinas.

Nina ouviu um silêncio que metia medo. Então juntou as mãos e as enfiou entre as pernas. Curvou-se ainda mais, aproximando os joelhos da cabeça. Pensou que agora tudo teria terminado. Seu pai viria buscá-la e eles iriam jantar. Pensou que não se falaria mais daquela história e que logo a esqueceriam: pensou isso porque era uma menina, e ainda não podia saber.

— A menina — disse El Gurre.

Segurava Salinas por um braço, para fazê-lo ficar em pé. Disse-lhe baixinho:

— A menina.

Salinas tinha um olhar vazio, terrível.

— Que menina?

— A filha de Roca. Se o menino estava por aqui, talvez ela também esteja.

Salinas grunhiu alguma coisa. Depois, com um safanão, afastou El Gurre. Encostou-se na mesa para se manter em pé. Tinha os sapatos empapados do sangue de Roca.

El Gurre fez um sinal para Tito, depois se dirigiu à cozinha. Passando diante do menino, inclinou-se um instante e fechou os olhos dele. Não como um pai. Mas como quem, ao sair de um quarto, apagasse a luz.

Tito pensou nos olhos de seu pai. Um dia uns homens bateram à porta da sua casa. Tito nunca os vira antes. Mas eles disseram que tinham um recado para ele. Depois lhe trouxeram um saquinho de pano. Ele o abrira, e dentro do saquinho estavam os olhos de seu pai. Veja de que lado você está, rapaz, tinham lhe dito. E foram embora.

Tito viu uma cortina fechada do outro lado da sala. Destravou a pistola e se aproximou. Afastou a cortina. Entrou no quartinho. Estava todo bagunçado. Cadeiras viradas, baús, apetrechos de trabalho e cestas repletas de frutas meio estragadas. Havia um cheiro forte de podre. E de umidade. No chão, a poeira era estranha: parecia que alguém arrastara os pés ali. Ou qualquer outra coisa.

Ouvia-se El Gurre, que, do outro lado da casa, batia nas paredes com a metralhadora, procurando portas escondidas. Salinas precisava continuar ali, encostado na mesa, tremendo. Tito afastou uma cesta de frutas. Reconheceu no soalho o perfil de um alçapão. Bateu forte com uma das botas no piso, para ouvir que barulho fazia. Afastou outras duas cestas. Era um pequeno alçapão, recortado com cuidado. Tito ergueu os olhos. De uma janelinha via-se, lá fora, a escuridão. Ele nem se deu conta de que já era noite. Pensou que era hora de ir embora dali. Depois se ajoelhou e levantou a tampa do alçapão. Havia uma menina lá dentro, agachada, de lado, as mãos escondidas entre as coxas, a cabeça ligeiramente inclinada para a frente, para os joelhos. Estava de olhos abertos.

Tito apontou a pistola para a menina.

— SALINAS! — gritou.

A menina virou a cabeça e olhou para ele. Tinha olhos escuros, com um formato estranho. Olhava para ele sem expressão alguma. Seus lábios estavam entreabertos e ela respirava tranqüila. Era um animal na sua toca. Tito sentiu voltar a sensação mil vezes experimentada quando encontrava aquela posição exata, em meio à tepidez dos lençóis ou sob um sol da tarde, em criança. Os joelhos dobrados, as mãos entre as pernas, os pés em equilíbrio. A cabeça inclinada ligeiramente para a frente, fechando o círculo. Deus, como era bonito, pensou. A pele da menina era branca, e o contorno de seus lábios, perfeito. As pernas saíam de uma sainha vermelha, como num desenho. Era tudo assim arrumado. Era tudo assim completo.

Exato.

A menina virou de novo a cabeça, para a posição inicial. Inclinou-a um pouco para a frente, de modo a fechar o círculo. Tito se deu conta de que ninguém havia respondido, de lá de trás da cortina. Algum tempo devia ter passado, e, no entanto, ninguém havia respondido. Ouvia-se El Gurre batendo com sua metralhadora nas paredes da casa. Um ruído surdo, meticuloso. Lá fora estava escuro. Baixou a tampa do alçapão. Lentamente. Por um instante ficou ali, ajoelhado, olhando se das frestas do soalho dava para ver a menina. Gostaria de pensar. Mas não conseguia. Às vezes estamos cansados demais para pensar. Levantou-se. Recolocou as cestas no lugar. Sentia o coração bater nas têmporas.

Saíram na noite parecendo embriagados. El Gurre segurava Salinas, empurrando-o para a frente. Tito caminhava atrás deles. Em algum lugar, o velho Mercedes os esperava. Andaram umas dezenas de metros, sem trocarem uma palavra. Depois Salinas disse alguma coisa a El Gurre e El Gurre voltou para a casa. Não parecia muito convencido, mas voltou. Salinas escorou-se em Tito e disse a ele que caminhasse. Passaram ao lado do monte de lenha e deixaram o caminho para pegar uma trilha que seguia pelos campos. Havia um grande silêncio, em torno, e também por isso Tito não conseguiu dizer a frase que tinha na cabeça e que decidira dizer. Ainda há uma menina lá dentro. Estava exausto, e o silêncio era grande demais. Salinas parou. Tremia e tinha uma enorme dificuldade para andar. Tito lhe disse alguma coisa, baixinho, depois se virou e deu uma olhada para trás, para a casa da fazenda. Viu El Gurre correr na direção deles. E viu que às suas costas a casa rasgava a escuridão, acesa por um incêndio que a estava devorando. Saíam chamas de todo lado e uma nuvem de fumaça preta subia lentamente na noite. Tito se separou de Salinas e ficou olhando, petrificado. El Gurre se juntou a ele e, sem parar, disse Vamos embora, rapaz. Mas Tito não se mexeu.

— Que diabo você fez? — disse.

El Gurre estava tentando arrastar Salinas dali. Repetiu que precisavam ir embora. Então Tito o agarrou pelo pescoço e começou a gritar na cara dele QUE DIABO VOCÊ FEZ?

— Calma, rapaz — disse El Gurre.

Mas Tito não parava, começou a berrar cada vez mais alto, QUE DIABO VOCÊ FEZ?, sacudindo El Gurre como um fantoche, QUE DIABO VOCÊ FEZ?, levantara-o do chão e não parava de arremessá-lo no ar QUE DIABO VOCÊ FEZ? até que Salinas também começou a berrar, ACABE COM ISSO, RAPAZ, pareciam três loucos, abandonados num palco apagado, AGORA PARE!

De um teatro em ruínas.

Finalmente arrastaram Tito à força. Os clarões do incêndio iluminavam a noite. Eles atravessaram um campo e desceram até a estrada, seguindo o trajeto do velho rio. Quando chegaram diante do velho Mercedes, El Gurre pôs a mão no ombro de Tito e lhe disse baixinho que ele tinha se saído muito bem e que agora estava tudo acabado. Mas ele não parava de repetir aquela frase. Não berrava. Falava baixinho, com voz de criança. Que diabo fizemos. Que diabo fizemos. Que diabo fizemos.

No campo, a velha casa da fazenda de Mato Rujo erguia-se escura, esculpida em vermelho-fogo contra o breu da noite. A única mancha no perfil vazio da planície.

Três dias depois, chegou um homem, a cavalo, à fazenda de Mato Rujo. Estava coberto de farrapos e imundo. O animal era um velho rocim, só pele e osso. Tinha alguma coisa nos olhos, e por isso as moscas rodeavam o líquido amarelo que pingava em seu focinho.

O homem viu as paredes da casa da fazenda, enegrecidas e inúteis, em meio a um enorme braseiro apagado. Pareciam os dentes remanescentes na boca de um velho. O incêndio também atingira um grande carvalho que fazia anos dava sombra à casa. Como uma garra preta, fedia a desventura.

O homem permaneceu na sela. Deu uma volta na casa, a passo. Aproximou-se do poço e, sem descer do cavalo, soltou o balde e o deixou cair. Ouviu a batida da chapa na água. Ergueu os olhos para a casa. Viu que havia uma menina sentada no chão, encostada naquilo que restara de uma parede. Estava olhando fixo para ele, com dois olhos imóveis que brilhavam num rosto sujo de fumaça. Usava uma sainha vermelha. Tinha arranhões por todo o corpo. Ou feridas.

O homem puxou o balde do poço. A água estava preta. Mexeu um pouco com a colher de estanho, mas a cor preta não desaparecia. Encheu a colher, levou-a aos lábios e deu um gole demorado. Olhou de novo para a água do balde. Cuspiu ali dentro. Depois encostou tudo na beira do poço e apertou os calcanhares na barriga do cavalo.

Chegou perto da menina. Ela ergueu a cabeça para olhá-lo. Não parecia ter nada a dizer. O homem a estudou por algum tempo. Os olhos, os lábios, os cabelos. Depois lhe estendeu a mão. Ela se levantou, apertou a mão do homem e se deixou erguer até montar na garupa, atrás dele. O velho rocim se acomodou sobre as patas. Levantou o focinho duas vezes. O homem fez um ruído estranho com a boca, e o cavalo se acalmou.

Enquanto se afastavam da fazenda, a passo, sob um sol feroz, a menina deixou cair a cabeça para a frente e, com a testa apoiada nas costas sujas do homem, adormeceu.

DOIS

O sinal ficou verde e a mulher atravessou a rua. Andava olhando para o chão, porque tinha parado de chover fazia pouco e ali onde o asfalto cedera se formaram poças que lembravam aquela chuva inesperada de início de primavera. Andava com passo elegante, medido pela saia justa de um tailleur preto. Via as poças e as evitava.

Quando chegou à calçada oposta, parou. As pessoas passavam, enchendo a tarde de passos em direção a suas casas, ou em liberdade. A mulher gostava de sentir a cidade pingando sobre ela, portanto ficou um pouco ali, no meio da calçada, inexplicável, como uma mulher que tivesse sido deixada ali, bruscamente, por seu amante. Incapaz de raciocinar.

Depois se decidiu pela direita, e nessa direção entrou na fila das pessoas que passavam. Sem pressa, ia bordejando as vitrines, com o xale apertado contra o peito. Apesar da idade, caminhava ereta e segura, enobrecendo seus cabelos brancos com a juventude do porte. Cabelos brancos e presos na nuca por um pente escuro, de moça.

Parou em frente a uma loja de eletrodomésticos e ficou algum tempo olhando fixamente para as paredes de televisores que exibiam a multiplicação inútil do mesmo comentarista do telejornal. Mas com matizes de cores diferentes, que a deixavam curiosa. Teve início uma reportagem sobre uma cidade em guerra e ela voltou a andar. Atravessou a Calle Medina e depois a pracinha do Divino Soccorso. Quando chegou diante da Galleria Florencia, virou-se para olhar a perspectiva de luzes que se enfileiravam pelo ventre do edifício até saírem do outro lado, na Avenida 24 Luglio. Parou. Ergueu os olhos procurando alguma coisa no arco de ferro que desenhava a grande entrada. Mas nada encontrou. Deu uns passos no interior da galeria, depois parou um homem. Desculpou-se e perguntou como se chamava aquele lugar. O homem lhe disse. Então ela agradeceu e lhe desejou uma belíssima noite. O homem sorriu.

Assim, ela começou a caminhar pela Galleria Florencia e a certa altura viu um pequeno quiosque, a uns vinte metros, que se erguia na parede da esquerda, encrespando por um instante o perfil liso da galeria. Era um desses quiosques em que se vendem bilhetes de loteria. Continuou a caminhar, mas, quando chegou a poucos passos do quiosque, parou. Viu que o homem dos bilhetes estava sentado ali dentro, lendo um jornal. Mantinha-o apoiado sobre alguma coisa, diante de si, e lia. Todas as paredes do quiosque eram de vidro, exceto a que encostava no muro. Dentro, viam-se o homem dos bilhetes e um monte de tiras coloridas que pendiam do alto. Havia uma janelinha na parede da frente — era o guichê por onde o homem dos bilhetes falava com as pessoas.

A mulher jogou para trás uma mecha de cabelo que caíra sobre seus olhos. Virou-se e por instantes ficou observando uma garota que saía de uma loja empurrando um carrinho de bebê. Depois voltou a olhar para o quiosque.

O homem dos bilhetes lia.

A mulher se aproximou e se inclinou no guichê.

— Boa noite — disse.

O homem tirou os olhos do jornal. Estava prestes a dizer alguma coisa, mas, quando viu o rosto da mulher, não foi em frente. Ficou assim, olhando para ela.

— Eu queria comprar um bilhete.

O homem fez que sim com a cabeça. Mas depois disse algo que não tinha nada a ver com o pedido.

— Faz tempo que estava esperando?

— Não, por quê?

O homem balançou a cabeça, sem deixar de fitá-la.

— Por nada, desculpe — disse.

— Queria um bilhete — ela disse.

Então o homem se virou e sua mão vagou pelas tiras de bilhetes que pendiam atrás dele.

A mulher indicou uma, mais comprida que as outras.

— Aquela ali... pode pegar daquela tira ali?

— Esta?

— É.

O homem destacou o bilhete. Deu uma olhada no número e fez um gesto de aprovação com a cabeça. Colocou o bilhete sobre a bancada de madeira entre ele e a mulher.

— É um bom número.

— Tem certeza?

O homem não respondeu, porque estava observando o rosto da mulher, e fazia isso como se procurasse alguma coisa.

— Disse que é um bom número?

O homem baixou os olhos para o bilhete:

— Sim, tem dois 8 em posição simétrica e tem as somas pares.

— O que quer dizer?

— Se a senhora traçar uma linha no meio do número, a soma dos algarismos da direita é igual à soma dos da esquerda. Em geral dá sorte.

— E como o senhor sabe?

— É minha profissão.

A mulher sorriu.

— Tem razão.

Pôs o dinheiro sobre a bancada.

— O senhor não é cego — disse.

— O que disse?

— O senhor não é cego, não é mesmo?

O homem começou a rir.

— Não, não sou.

— É curioso...

— Por que eu deveria ser cego?

— Bem, os vendedores de bilhetes de loteria sempre são cegos.

— É mesmo?

— Talvez nem sempre, mas muitas vezes... acho que as pessoas gostam que eles sejam cegos.

44

— Em que sentido?

— Não sei, imagino que tenha a ver com aquela história de que a sorte é cega.

A mulher falou e depois começou a rir. Tinha uma bela risada, fresca.

— Em geral são muito velhos, e são vistos como aves tropicais na vitrine de uma loja de animais.

Falou com grande segurança.

Depois acrescentou:

— O senhor é diferente.

O homem disse que de fato não era cego. Mas velho, era.

— Quantos anos o senhor tem? — perguntou a mulher.

— Tenho setenta e dois anos — disse o homem.

Depois acrescentou:

— Para mim, é bom este trabalho, não tenho problemas, é um bom trabalho.

Falou em voz baixa. Calmo.

A mulher sorriu.

— Sem dúvida. Não foi isso que eu quis dizer...

— Gosto deste trabalho.

— Tenho certeza disso.

Pegou o bilhete e o guardou numa bolsa preta, elegante. Depois se virou um instante para trás como se tivesse de verificar alguma coisa, ou ver se havia gente esperando atrás dela. No final, em vez de cumprimentá-lo e ir embora, disse algo.

— Estava pensando se o senhor não gostaria de ir beber alguma coisa comigo.

O homem mal pusera o dinheiro na caixa. Ficou com a mão erguida no ar.

45

— Eu?

— É.

— Eu... não posso.

A mulher olhava para ele.

— Preciso manter o quiosque aberto, não posso ir agora, não tenho ninguém aqui que... eu não...

— Só um copo.

— Sinto muito... realmente não posso ir.

A mulher fez que sim com a cabeça, como se tivesse entendido. Mas depois se inclinou um pouco para o homem e disse:

— Venha comigo.

O homem ainda disse:

— Por favor.

Mas ela repetiu:

— Venha comigo.

Era uma coisa estranha. O homem fechou o jornal e desceu do banquinho. Tirou os óculos. Guardou-os num estojo de pano cinza. Depois, com extremo cuidado, começou a fechar o quiosque. Alinhavava um gesto no outro, muito devagar, calado, como faria numa noite qualquer. A mulher esperava em pé, tranqüila, como se aquilo não lhe dissesse respeito. De vez em quando alguém passava e se virava para olhar para ela. Porque ela parecia só, e era bonita. Porque não era jovem, e parecia só. O homem apagou a luz. Puxou a pequena grade e prendeu-a no chão com um cadeado. Vestira um sobretudo leve, que lhe caía um pouco nos ombros. Aproximou-se da mulher.

— Terminei.

A mulher sorriu para ele.

46

— Sabe aonde poderíamos ir?

— Por aqui. Tem um café onde podemos ficar sossegados.

Entraram no bar, encontraram uma mesinha, num canto, e sentaram-se frente a frente. Pediram dois copos de vinho. A mulher perguntou ao garçom se tinha cigarros. E começaram a fumar. Depois falaram de diversas coisas e daqueles que ganhavam na loteria. O homem disse que em geral não conseguiam guardar o segredo, e o engraçado era que a primeira pessoa a quem contavam era sempre uma criança. Provavelmente havia uma moral naquilo tudo, mas ele jamais conseguira entender qual. A mulher disse algo sobre as histórias que têm uma moral e sobre as que não têm. Passaram algum tempo assim, conversando. Depois ele disse que sabia quem ela era, e por que tinha ido lá.

A mulher não disse nada. Ficou esperando.

Então o homem prosseguiu.

— Faz muitos anos, a senhora viu três homens matarem seu pai, a sangue frio. Sou o único, daqueles três, que ainda está vivo.

A mulher olhava para ele, atenta. Mas não dava para saber o que ela pensava.

— A senhora veio até aqui para me procurar.

Falava com tranqüilidade. Não estava nervoso, nem um pouco.

— Agora me encontrou.

Depois ficaram algum tempo em silêncio, porque ele não tinha mais nada para dizer, e ela não dizia nada.

* * *

— Quando eu era criança, meu nome era Nina. Mas tudo acabou naquele dia. Ninguém nunca mais me chamou por esse nome.

— ...

— Eu gostava: Nina.

— ...

— Agora tenho muitos nomes. É diferente.

— No início me lembro de uma espécie de orfanato. Mais nada. Depois chegou um homem que se chamava Ricardo Uribe e me levou com ele. Era o farmacêutico de uma aldeiazinha no meio do campo. Não tinha mulher nem parentes, nada. Disse a todos que eu era filha dele. Tinha chegado ali fazia poucos meses. As pessoas acreditaram. De dia me mantinha nos fundos da farmácia. Entre um cliente e outro me ensinava. Não sei por que não gostava que eu andasse por ali sozinha. O que há para aprender você pode aprender comigo, dizia. Eu tinha onze anos. À noite, sentava-se no sofá e me fazia deitar ao seu lado. Eu apoiava a cabeça no colo dele e o escutava. Ele contava estranhas histórias de guerra. Os dedos dele acariciavam meus cabelos, para a frente e para trás, lentamente. Eu sentia seu sexo, sob o tecido da calça. Depois ele me dava um beijo na testa e me deixava ir dormir. Eu tinha um quarto só para mim. Ajudava-o a manter a farmácia e a casa limpas. Lavava a roupa e cozinhava. Ele parecia um bom homem. Tinha muito medo, mas não sei de quê.

...

Uma noite se debruçou sobre mim e me beijou na boca. Continuou a me beijar, assim, e enquanto isso enfiava as mãos sob a minha saia e por toda parte. Eu não fazia nada. E depois, inesperadamente, se soltou de mim, e começou a chorar e a me pedir que o perdoasse. De repente, parecia aterrorizado. Eu não entendia. Alguns dias depois me disse que tinha encontrado um noivo para mim. Um rapaz de Rio Galvan, uma aldeia vizinha. Era pedreiro. Eu me casaria com ele logo que tivesse idade. Fui vê-lo, no domingo seguinte, na praça. Era um belo rapaz, alto e magro, muito magro. Movia-se com lentidão, talvez estivesse doente ou algo assim. Despedimo-nos, e eu voltei para casa.

...

É uma história como outra qualquer. Por que a quer ouvir?

O homem achou que ela estava falando de um modo estranho. Como se esse fosse um ato a que ela não estivesse habituada. Ou como se aquela não fosse a sua língua. Buscava as palavras procurando no vazio.

— Alguns meses depois, numa noite de inverno, Uribe saiu de casa para ir à Riviera. Era uma espécie de taberna onde se jogava a dinheiro. Uribe ia lá toda semana, sempre no mesmo dia, sexta-feira. Aquela vez jogou até tarde. Depois se viu, numa rodada de pôquer, com uma quadra de valetes na mão, diante de um bolo em que havia mais dinheiro do que ele via em um ano. O negócio foi só entre ele e o conde de Torrelavid. Os outros tinham apostado algum dinheiro mas depois desistiram. O conde, ao contrário, era obstinado. Ia subindo os lances. Uribe se sentia seguro com suas cartas e foi em frente. Chegaram àquele ponto em que os jogadores perdem o senso da realidade. E o que aconteceu foi que o conde apostou sua *fazenda** de Belsito. Então, na taberna, tudo parou. O senhor joga a dinheiro?

— Não — disse o homem.

— Então não creio que possa entender.

— Conte.

— Não vai entender.

— Não faz mal.

— Tudo parou. E fez-se um silêncio que o senhor não vai entender.

A mulher explicou que a *fazenda* de Belsito era a mais bela da região. Uma alameda de laranjeiras subia até o alto da colina e dali, da casa, podia-se ver o oceano.

— Uribe disse que não tinha nada que equivalesse a Belsito para apostar. E pôs as cartas na mesa. Então o conde disse que ele poderia apostar a farmácia, e depois começou a rir como um louco, e alguns dos que se achavam ali ao redor começaram a rir com ele. Uribe sorria. Ainda estava com uma das mãos sobre as cartas. Como para se despedir delas. O conde voltou a ficar sério, inclinou-se para a frente, sobre a mesa, fitou Uribe nos olhos e disse:

— Mas tem uma bela filha.

---

* Em português no original. (N. E.)

Uribe não entendeu de imediato. Sentia os olhares de todos em cima dele, e não conseguia raciocinar. O conde simplificou as coisas.

— Belsito contra a sua menina, Uribe. É uma proposta honesta.

E pôs na mesa suas cinco cartas cobertas, bem debaixo do nariz de Uribe.

Uribe olhou para elas sem tocá-las.

Disse alguma coisa em voz baixa, mas nunca ninguém soube me dizer o quê.

Depois jogou suas cartas na direção do conde, fazendo-as deslizar sobre a mesa.

O conde me levou para a casa dele naquela mesma noite. Fez algo imprevisível. Esperou dezesseis meses e, quando completei catorze anos, se casou comigo. Dei-lhe três filhos.

...

São difíceis de entender, os homens. O conde, antes daquela noite, tinha me visto uma única vez. Ele estava sentado no café, e eu, atravessando a praça. Perguntara a alguém:

— Quem é aquela menina?

E lhe disseram.

Lá fora havia recomeçado a chover, e o café enchera de gente. Para se entenderem, precisavam falar alto. Ou ficar mais perto um do outro. O homem disse à mulher que seu modo de contar era estranho: parecia que ela estava contando a vida de outra.

— O que quer dizer?

— Parece que nada disso lhe importa.

A mulher disse que, ao contrário, tudo aquilo lhe importava muito. Disse que tinha saudade de cada coisa que acontecera com ela. Mas falou com voz dura, sem melancolia. Então o homem ficou algum tempo calado, olhando as pessoas em torno.

Pensou em Salinas. Ele fora encontrado morto na cama uma manhã, dois anos depois daquela história de Roca. Alguma coisa no coração, disseram. Depois correu o rumor de que seu médico o envenenara, um pouco a cada dia, lentamente, meses a fio. Uma lenta agonia. Atroz. Investigaram a história mas não conseguiram descobrir nada. O médico se chamava Astarte. Havia juntado algum dinheiro, durante a guerra, com um preparado que curava as febres e as infecções. Ele próprio o inventara, com a ajuda de um farmacêutico. O preparado se chamava Botran. O farmacêutico se chamava Ricardo Uribe. Nos tempos da invenção Uribe trabalhava na capital. Terminada a guerra, tivera problemas com a polícia. Primeiro encontraram seu nome na lista dos fornecedores do hospital da Hiena, depois apareceu alguém dizendo que o tinha visto trabalhando lá dentro. Mas, também, muitos disseram que ele era um bom homem. Apresentou-se aos investigadores, explicou tudo e, quando o liberaram, pegou suas coisas e foi para uma cidadezinha escondida no campo, no sul do país. Comprou uma farmácia e retomou sua profissão. Vivia sozinho com uma filha pequena que se chamava Dulce. Dizia que a mãe dela havia morrido anos antes. Todos acreditaram.

Assim escondia Nina, a filha sobrevivente de Manuel Roca.

O homem olhava ao redor sem ver nada. Estava metido com seus pensamentos.

A ferocidade das crianças, pensava.

Nós reviramos a terra de modo tão violento que despertamos a ferocidade das crianças.

Virou-se novamente para a mulher. Ela estava olhando para ele. Ouviu sua voz dizendo:

— É verdade que o chamavam de Tito?

O homem fez que sim.

— Chegou a conhecer meu pai, antes?

— ...

— ...

— Sabia quem era.

— É verdade que foi o primeiro a atirar nele?

O homem balançou a cabeça.

— Pouco importa...

— O senhor tinha vinte anos. Era o mais moço. Fazia só um ano que combatia. El Gurre o tratava como a um filho.

Depois a mulher lhe perguntou se ele se lembrava.

O homem ficou olhando para ela. E só naquele momento, por fim, reviu realmente em seu rosto o rosto da menina, deitada lá embaixo, impecável e correta, perfeita. Viu aqueles olhos nesses, e aquela força inaudita na calma dessa beleza cansada. A menina: virara-se e olhara para ele. A menina: agora estava ali. Como o tempo pode ser vertiginoso. Onde estou?, perguntou-se o homem. Aqui ou naquela época? Já terei vivido um instante distinto daquele?

O homem disse que se lembrava. Que durante anos não tinha feito outra coisa senão lembrar-se de tudo.

— Durante anos me perguntei o que devia fazer. Mas a verdade é que jamais consegui dizer isso a ninguém. Nunca disse a ninguém que a senhora estava lá embaixo, naquela noite. Pode não acreditar, mas é assim. De início, obviamente, eu não falava porque tinha medo. Mas depois passou o tempo, e a coisa mudou. Já ninguém se ocupava com a guerra, as pessoas tinham vontade de olhar para a frente, não lhes importava mais nada do que havia acontecido. Tudo parecia sepultado para sempre. Comecei a pensar que era melhor esquecer tudo. Deixar pra lá. Mas a certa altura surgiu a história de que a filha de Roca estava viva, em algum lugar, que a escondiam numa aldeia, no sul do país. Eu não sabia o que pensar. Parecia-me incrível que ela tivesse saído viva daquele inferno, mas, quando se trata de crianças, nunca se sabe. Por fim, alguém a viu e jurou que era ela mesma. E eu compreendi que jamais me libertaria daquela história. Nem eu nem os outros. Naturalmente comecei a me perguntar o que ela poderia ter visto e ouvido, aquela noite, na casa da fazenda. E se conseguiria se lembrar da minha cara. Também era difícil saber o que podia passar pela cabeça de uma criança, diante de uma coisa como aquela. Os adultos têm memória, têm o senso da justiça, volta e meia têm o gosto da vingança. Mas uma menina? Por um tempo me convenci de que nada teria acontecido. Mas depois Salinas morreu. Daquele modo estranho.

A mulher o ouvia, imóvel.

Ele lhe perguntou se queria que continuasse.

— Continue — ela disse.

— Circulou que aquilo tinha a ver com Uribe.

A mulher olhava para ele sem expressão alguma. Seus lábios estavam entreabertos.

— Podia ser uma coincidência, mas sem dúvida era estranho. Aos poucos todos se convenceram de que a menina sabia alguma coisa. É difícil entender, agora, mas aqueles eram tempos estranhos. O país ia para a frente, além da guerra, numa velocidade incrível, esquecendo tudo. Mas havia todo um mundo que jamais saíra da guerra, e que não conseguia engrenar direito naquele país feliz. Eu fazia parte desse mundo. Todos nós fazíamos. Para nós nada tinha terminado. E aquela menina era um perigo. Falamos disso longamente. O fato é que ninguém engolia a morte de Salinas. Assim, no final se decidiu que, pelo sim pelo não, a menina seria eliminada. Sei que parece loucura, mas na verdade era tudo muito lógico: terrível, e lógico. Decidiram eliminá-la e encarregaram o conde de Torrelavid de fazê-lo.

O homem se interrompeu por algum tempo. Olhava para suas mãos. Parecia estar reordenando as lembranças.

— Ele era um dos que fizeram jogo duplo durante toda a guerra. Trabalhava para eles, mas era um dos nossos. Foi falar com Uribe e lhe perguntou o que preferia: passar a vida na prisão pelo assassinato de Salinas ou desaparecer no nada e deixar a menina para ele. Uribe era um infame. Tinha apenas de ficar quieto, e nenhum tribunal conseguiria incriminá-lo. Mas teve medo e foi embora. Deixou a menina com o conde e foi embora. Morreu uns dez anos depois, numa aldeiazinha perdida para lá da fronteira. Deixou um bilhete dizendo que não tinha feito nada e que Deus perseguiria seus inimigos até o inferno.

A mulher se virou para olhar para uma moça que ria alto, encostada no balcão do café. Depois apanhou o xale que deixara no encosto da cadeira e o colocou nos ombros.

— Continue — disse.

O homem continuou.

— Todos esperavam que o conde a fizesse desaparecer. Mas ele não fez. Manteve-a consigo, em casa. Deram-lhe a entender que devia matá-la. Mas ele nada fez e continuou a escondê-la em sua casa. No final, disse: vocês não devem se preocupar com a menina. E casou-se com ela. Durante meses não se falou de outra coisa naquelas paragens. Mas depois as pessoas pararam de pensar nisso. A menina cresceu e deu três filhos ao conde. Ninguém jamais a via passeando. Chamavam-na de Donna Sol, porque era o nome que o conde tinha lhe dado. Dela se dizia uma coisa estranha. Que não falava. Que nunca havia falado. Nos tempos de Uribe, nunca ninguém a ouvira dizer uma palavra. Talvez fosse uma doença. Talvez ela simplesmente fosse assim. Sem saber por quê, as pessoas tinham medo dela.

A mulher sorriu. Jogou os cabelos para trás com um gesto de garota.

Como já era tarde, o garçom veio perguntar se queriam comer alguma coisa. Tinham chegado três sujeitos que começaram a tocar num canto do café. Tocavam música para dançar. O homem disse que não estava com fome.

— O senhor é meu convidado — disse a mulher, sorrindo.

Para o homem tudo parecia absurdo. Mas a mulher insistiu. Disse que então podiam comer só a sobremesa.

— Gostaria de uma sobremesa?

O homem fez que sim.

— Bem, então uma sobremesa. Vamos comer a sobremesa.

O garçom disse que era uma boa idéia. Depois acrescentou que eles podiam ficar ali o tempo que quisessem. Não deviam se preocupar. Era jovem, falava com um sotaque estranho. Viram-no voltar para o balcão, fazendo o pedido, aos gritos, para alguém invisível.

— Vem aqui com freqüência? — perguntou a mulher.

— Não.

— É um bonito lugar.

O homem olhou ao redor. Disse que era, sim.

— Todas essas histórias, foram seus amigos que lhe contaram?

— Foram.

— E acredita nelas?

— Acredito.

A mulher disse alguma coisa em voz baixa. Depois pediu ao homem que contasse o resto.

— De que adianta?

— Faça isso, por favor.

— Não é a minha história, é a sua. A senhora a conhece melhor que eu.

— Ninguém garante.

O homem balançou a cabeça.

Voltou a olhar para as mãos.

— Um dia peguei o trem e fui para Belsito. Tinham se passado muitos anos. Eu conseguia dormir de noite, e ao meu redor havia gente que não me chamava de Tito. Pensei que estava tudo encerrado, que a guerra tinha acabado realmente e que só restava uma coisa a fazer. Peguei o trem e fui para Belsito, para contar ao conde aquela história do alçapão, e da menina, e tudo o mais. Ele sabia quem eu era. Foi muito gentil, me levou para a biblioteca, me ofereceu uma bebida e perguntou o que eu desejava. Eu disse:

— Lembra-se daquela noite, na fazenda de Mato Rujo?

E ele disse:

— Não.

— A noite de Manuel Roca...

— Não sei do que está falando.

Disse isso com muita calma, com doçura até. Estava seguro de si. Não tinha dúvidas.

Entendi. Ainda conversamos um pouco sobre trabalho e até sobre política, depois me levantei e fui embora. Ele mandou um rapazinho me acompanhar à estação. Lembro-me porque ele devia ter uns catorze anos, mas dirigia o carro e o deixavam dirigir.

— Carlos — disse a mulher.

— Não lembro o nome dele.

— É meu filho mais velho. Carlos.

O homem estava prestes a dizer alguma coisa, mas o garçom chegou com a sobremesa. Trouxera também outra garrafa de vinho. Disse que, se quiséssemos prová-lo, era um bom vinho para tomar com a sobremesa. Depois disse algo espirituoso sobre sua patroa. A mulher riu, e o fez com um movimento de cabeça ao qual, anos antes, teria sido impossível alguém não sucumbir. Mas o homem mal a viu, porque estava perseguindo suas recordações. Quando o rapaz foi embora, ele recomeçou a falar.

— Antes de deixar Belsito, naquele dia, enquanto passava pelo longo corredor, com todas aquelas portas fechadas, pensei que em algum lugar, naquela casa, estava a senhora. Gostaria de tê-la visto. Não teria nada para lhe dizer, mas gostaria de ver de novo o seu rosto, depois de tantos anos, e pela última vez. Pensava justamente nisso enquanto andava ali, no corredor. E aconteceu uma coisa curiosa. A certa altura uma das portas se abriu. Por um segundo tive absoluta certeza de que a senhora sairia dali e passaria ao meu lado, sem dizer uma palavra.

O homem balançou levemente a cabeça.

— Mas não aconteceu nada, porque sempre falta algo à vida para que ela seja perfeita.

A mulher, com a colherzinha entre os dedos, olhava para a sobremesa no prato como se estivesse procurando a fechadura.

De vez em quando alguém passava rente à mesa e dava uma olhada naqueles dois. Eram um estranho casal. Não tinham os gestos de pessoas que se conheciam. Mas falavam muito próximos. Ela parecia estar vestida para agradá-lo. Nenhum dos dois usava aliança. Poderia dizer-se que eram amantes, mas de muitos anos antes talvez. Ou irmãos, quem sabe.

— Que mais sabe de mim? — perguntou a mulher.

Ocorreu ao homem fazer a mesma pergunta. Mas ele tinha começado a contar, e compreendeu que gostava de fazê-lo, talvez esperasse havia anos o momento de contar, de uma vez por todas, na penumbra de um café, com três músicos num canto executando três quartos do repertório decorado de músicas para dançar.

— Uns dez anos depois o conde morreu num acidente de carro. A senhora ficou com os três filhos, Belsito e todo o resto. Mas os parentes não gostaram disso. Diziam que a senhora era louca e que não podia ficar sozinha com os três meninos. Finalmente, levaram o caso ao tribunal, e o juiz concluiu que eles tinham razão. Assim, tiraram a senhora de Belsito e a confiaram aos médicos, numa casa de saúde de Santander. É isso?

— Continue.

— Parece que seus filhos depuseram contra a senhora.

A mulher se distraía com a colherzinha. Fazia-a tilintar contra a borda do prato. O homem prosseguiu.

— Mais ou menos dois anos depois a senhora escapou, e sumiu no nada. Alguém disse que foram amigos seus que a ajudaram a fugir, e que agora a mantinham escondida em algum lugar. Mas quem a havia conhecido disse que a senhora, simplesmente, não tinha amigos. Por algum tempo a procuraram. Depois deixaram pra lá. Não se falou mais nisso. Muitos se convenceram de que a senhora tinha morrido. Há tantos loucos que desaparecem no nada.

A mulher tirou os olhos do prato.

— O senhor tem filhos? — perguntou.

— Não.

— Por quê?

O homem respondeu que é preciso ter fé no mundo para fazer filhos.

— Naqueles anos eu ainda trabalhava na fábrica. Lá para o norte. Contaram-me essa história, sobre a senhora, a clínica, e disseram que tinha fugido. Que naquela altura o mais provável era que a senhora estivesse no fundo de um rio, ou ao pé de uma encosta, num lugar onde mais cedo ou mais tarde um vagabundo a encontraria. Disseram-me que estava tudo acabado. Não pensei nada. Fiquei impressionado com a história de que a senhora tinha enlouquecido, e lembro que me perguntei de que loucura poderia estar sofrendo: se andava berrando pela casa ou se simplesmente ficava quieta, num canto, contando as tábuas do soalho enquanto apertava na mão um barbante, ou a cabeça de um pintarroxo. É engraçada a idéia que fazemos dos loucos, se não os conhecemos.

Depois ele fez uma longa pausa. No final da pausa disse:

— Quatro anos depois El Gurre morreu.

Ficou outra vez em silêncio por algum tempo. Parecia que, de repente, contar havia se tornado tremendamente fácil.

— Foi encontrado com uma bala nas costas, de cara para o esterco, diante de sua estrebaria.

Ergueu os olhos para a mulher.

— No bolso acharam um bilhete. No bilhete estava escrito um nome de mulher. O seu.

Fez um ligeiro rabisco no ar.

— Donna Sol.

Deixou a mão cair sobre a mesa.

— Era de fato a caligrafia dele. Ele é que tinha escrito esse nome. Donna Sol.

Os três músicos, lá atrás, atacaram uma espécie de valsa, roubando no tempo e tocando em surdina.

— A partir daquele dia comecei a esperá-la.

A mulher levantara a cabeça e o estava fitando.

— Compreendi que nada conseguira pará-la, e que um dia a senhora chegaria também a mim. Nunca achei que pudesse me matar atirando pelas costas ou mandando alguém que nem sequer me conhecia. Eu *sabia* que a senhora é que viria, e me olharia na cara, e antes falaria comigo. Porque eu era aquele que tinha aberto o alçapão, naquela noite, e depois o fechara. E a senhora não se esqueceria disso.

O homem ainda hesitou um instante, depois disse a única coisa que ainda queria dizer.

— Carreguei dentro de mim esse segredo a vida inteira, como uma doença. Eu *merecia* estar aqui sentado, com a senhora.

Depois o homem se calou. Ouvia o coração bater veloz, até na ponta dos dedos e nas têmporas. Pensou que estava sentado num café, diante de uma velha louca que a qualquer momento podia se levantar e matá-lo. Sabia que não faria nada para impedi-la.

A guerra acabou, pensou.

A mulher olhava em torno e de vez em quando dava uma espiada no prato vazio. Não falava, e, desde que o homem parara de contar, ela parara de olhar para ele. Dava a impressão de estar sentada sozinha à mesa, esperando por alguém.

O homem se deixou encostar na cadeira. Agora parecia menor e cansado. Observava, como de longe, os olhos da mulher vagarem pelo café e pela mesa: pousavam em toda parte, mas não nele. Percebeu que ainda estava de sobretudo, e então afundou as mãos nos bolsos. Sentiu a gola repuxar na nuca, como se ele tivesse enfiado duas pedras nos bolsos. Pensou nas pessoas ao redor e achou engraçado que ninguém, naquele momento, fosse capaz de perceber o que estava acontecendo. É difícil ver dois velhos à mesa e intuir que naquele momento seriam capazes de tudo. E, no entanto, era isso. Porque ela era um fantasma, e ele, um homem cuja vida tinha se encerrado muito tempo antes. Se aquelas pessoas soubessem, pensou, agora sentiriam medo.

Depois viu que os olhos da mulher ficaram brilhantes.

Sabe-se lá por onde está passando o fio de seus pensamentos, refletiu.

O rosto permanecia imóvel, sem expressão. Só os olhos estavam daquele jeito.

Era choro, aquilo?

Pensou ainda que não gostaria de morrer ali dentro, com toda aquela gente olhando.

Depois a mulher começou a falar, e o que disse foi isto:

— Uribe levantou as cartas do conde e as fez deslizar lentamente entre os dedos, virando uma a uma. Não acho que naquele momento tenha pensado no que estava perdendo. Sem dúvida pensou no que não estava ganhando.

Eu não contava muito para ele. Levantou-se e se despediu do pessoal, educadamente. Ninguém riu, ninguém ousava dizer nada. Nunca tinham visto ali mão de pôquer como aquela. Agora me diga: por que esta história deveria ser mais falsa do que a que o senhor me contou?

— ...

— ...

— ...

— Meu pai era um pai esplêndido. Não acredita? E por quê? Por que esta história deveria ser mais falsa do que a sua?

— ...

— Por mais que a gente se esforce para viver uma única vida, os outros verão outras mil dentro dela, e é por essa razão que não conseguimos evitar de nos machucarmos.

— ...

— Sabe que sei tudo daquela noite e, no entanto, não me lembro de quase nada? Estava lá embaixo, não via nada, ouvia alguma coisa, e o que eu ouvia era tão absurdo, parecia um sonho. Tudo se esvaiu naquele incêndio. As crianças têm um talento especial para esquecer. Mas depois me contaram, e agora sei tudo. Mentiram para mim? Não sei. Nunca tive oportunidade de me perguntar. Vocês entraram em casa, o senhor atirou nele, depois Salinas atirou nele, e no fim El Gurre enfiou o cano da metralhadora na garganta dele e com uma rajada curta e seca fez sua cabeça explodir. Como sei? Ele contou. Gostava de contar. Era um animal. Todos vocês eram animais. Vocês, homens, sempre são animais na guerra, como Deus vai fazer para perdoá-los?

64

— Pare.

— Olhando assim, o senhor parece um homem normal, que veste o seu sobretudo surrado e, quando tira os óculos, guarda-os cuidadosamente no estojo cinza. Limpa a boca antes de beber, os vidros de seu quiosque brilham, quando atravessa a rua olha bem à direita e à esquerda, o senhor é um homem normal. E, no entanto, viu meu irmão morrer sem razão, apenas um menino segurando um fuzil, uma rajada e acabou-se, e o senhor estava ali, e não fez nada, tinha vinte anos, santo Deus, não era um velho decrépito, era um rapaz de vinte anos e, no entanto, não fez nada, quer me fazer um favor?, me explique como tudo isso é possível, tem como me explicar que uma coisa dessas pôde de fato acontecer, que não é o pesadelo de um doente, que foi uma coisa que aconteceu, me diga como é possível?

— Éramos soldados.

— O que quer dizer?

— Estávamos lutando numa guerra.

— Qual guerra?, a guerra tinha *acabado*.

— Não para nós.

— Não para vocês?

— A senhora não sabe nada.

— Então me diga aquilo que eu não sei.

— Acreditávamos num mundo melhor.

— O que quer dizer?

— ...

— O que quer dizer?

— Já não se podia voltar atrás, quando as pessoas começam a se matar não se volta mais atrás. Não queríamos chegar àquele ponto, os outros começaram, depois não houve mais nada a fazer.

— O que quer dizer um mundo melhor?

— Um mundo justo, onde os fracos não devem sofrer pela maldade dos outros, onde qualquer um pode ter direito à felicidade.

— E o senhor acreditava nisso?

— Claro que acreditava, nós todos acreditávamos, era possível fazer e nós sabíamos como.

— Sabiam?

— Parece-lhe tão estranho?

— Sim.

— E, no entanto, nós sabíamos. E tínhamos lutado por isso, para poder fazer o que era justo.

— Atirando em crianças?

— Sim, se fosse preciso.

— Mas o que está dizendo?

— A senhora não pode entender.

— Eu posso entender, o senhor me explica e eu entenderei.

— É como a terra.

— ...

— ...

— ...

— Não se pode semear sem antes arar. Primeiro se deve sulcar a terra.

— ...

— Era preciso passar pelo sofrimento, entende?

— Não.

— Havia uma profusão de coisas que devíamos destruir para poder construir o que queríamos, não tinha outro jeito, devíamos ser capazes de sofrer e impor sofrimento, quem tolerasse mais dor venceria, não se pode sonhar com um mundo melhor e pensar que vão entregá-lo a você só porque você pede, eles jamais cederiam, era preciso lutar e, uma vez que se compreendesse isso, já não fazia diferença se se tratava de velhos ou de crianças, de amigos seus ou de inimigos seus, você estava sulcando a terra, não havia nada a fazer, não havia um modo de fazê-lo sem machucar. E, quando tudo nos parecia demasiado horrendo, tínhamos nosso sonho que nos protegia, sabíamos que, por mais alto que fosse o preço, imensa seria a recompensa, porque nós não combatíamos por um pouco de dinheiro, ou por um campo para trabalhar, ou por uma bandeira, nós combatíamos por um mundo melhor, entende o que isso quer dizer?, estávamos devolvendo a milhões de homens uma vida decente, e a possibilidade de serem felizes, de viverem e morrerem com dignidade, sem ser pisoteados ou ridicularizados, nós não éramos nada, eles eram tudo, milhões de homens, estávamos ali por eles, que importava se uma criança morresse estraçalhada contra uma parede, ou dez crianças, ou cem?, era preciso sulcar a terra e nós o fizemos, milhões de outras crianças esperavam que o fizéssemos, e nós fizemos, talvez a senhora devesse...

— Acredita realmente nisso?

— Claro que acredito.

— Depois de todos esses anos ainda acredita nisso?

— Por que não acreditaria?

— Vocês ganharam a guerra. Este lhe parece um mundo melhor?

— Nunca me perguntei isso.

— Não é verdade. Perguntou-se mil vezes, mas tem medo de responder. Assim como se perguntou mil vezes o que é que fazia naquela noite em Mato Rujo, combatendo quando a guerra já tinha acabado, matando a sangue frio um homem a quem jamais tinha visto, sem lhe conceder o direito a um tribunal, simplesmente matando-o, pela única razão de que havia começado a matar e já não era capaz de parar. E em todos esses anos mil vezes o senhor se perguntou por que entrou naquela guerra, e o tempo todo esse seu mundo melhor ficou dando voltas em sua cabeça, para o senhor não pensar no dia em que lhe levaram os olhos de seu pai, e para o senhor não rever todos os outros mortos assassinados que então enchiam a sua memória, e continuam a enchê-la, como uma lembrança intolerável que é a única, a verdadeira razão pela qual combateu, porque o senhor não tinha nada além disso em mente, vingar-se, agora deveria ser capaz de pronunciar essa palavra, *vingança*, o senhor matava por vingança, todos matavam por vingança, não há de que se envergonhar, é o único remédio que existe contra a dor, tudo o que se encontrou para não enlouquecer, é a droga com que nos tornam capazes de combater, mas vocês não se livraram mais dela, ela os queimou a vida inteira, encheu a vida de vocês de fantasmas, para sobreviver a quatro anos de guerra vocês queimaram a vida inteira, agora nem mesmo sabem...

— Não é verdade.

— Já nem sequer se lembram *do que é* a vida.

— O que a senhora sabe disso?

— Ora, o que posso saber?, sou apenas uma velha louca, não é verdade?, não posso entender, eu era uma criança então, o que é que sei disso?, eu lhe digo o que sei, eu estava deitada num buraco, debaixo da terra, chegaram três homens, pegaram meu pai, depois...

— Pare.

— Não gosta dessa história?

— Não me arrependo de nada, era preciso combater e nós combatemos, não ficamos em casa com as janelas fechadas esperando que passasse, saímos de nossos buracos debaixo da terra e fizemos o que devíamos fazer, essa é a verdade, agora a senhora pode dizer todo o resto, pode encontrar todas as razões que quiser, mas agora é diferente, a senhora precisava estar lá para entender, e não estava, a senhora era uma menina, não é culpa sua, mas não pode entender.

— Explique, eu vou entender.

— Agora estou cansado.

— Temos todo o tempo que quisermos, o senhor me explica, eu o ouvirei.

— Por favor, me deixe em paz.

— Por quê?

— Faça o que deve fazer, mas me deixe em paz.

— Do que tem medo?

— Não tenho medo.

— Então o que é?

— Estou cansado.

— De quê?

— ...

— ...

— Por favor...

— ...

— ...

— ...

— Por favor.

Então a mulher baixou os olhos. Depois se afastou da mesa, apoiando-se no encosto da cadeira. Deu uma olhada ao redor, como se descobrisse naquele momento, subitamente, onde estava. O homem estava ali sentado: torturava os dedos apertando as mãos uma na outra, mas era a única coisa que, nele, se mexia.

No fundo do café, aqueles três tocavam canções de outros tempos. Alguém dançava.

Por um tempo ficaram assim, calados.

Depois a mulher disse alguma coisa sobre uma festa de muitos anos antes, onde um famoso cantor a convidara para dançar. Contou em voz baixa que ele era velho mas se movimentava com grande leveza e que, antes de a música acabar, tinha lhe explicado que o destino de uma mulher está escrito em seu modo de dançar. Depois lhe dissera que ela dançava como se dançar fosse pecado.

A mulher riu e voltou a olhar ao redor.

Depois contou outra coisa. Era sobre aquela noite, em Mato Rujo. Disse que, quando vira a tampa do alçapão levantar-se, não sentira medo. Virara-se para olhar para o rosto daquele rapaz, e tudo havia lhe parecido muito natural, até mesmo óbvio. Disse que de certo modo *gostava* do que estava acontecendo. Depois ele tinha baixado a tampa, e aí, sim, ela sentira medo, o maior medo de sua vida. A escuridão que voltava, o ruído das cestas arrastadas novamente acima de sua cabeça, os passos do rapaz que se afastavam.

Sentira-se perdida. E aquele terror nunca a abandonara. Ficou um tempo em silêncio e depois acrescentou que a mente das crianças é estranha. Acho que naquele momento, disse, eu só desejava uma coisa: que aquele rapaz me levasse embora consigo.

Depois continuou a dizer outras coisas, sobre crianças e sobre o medo, mas o homem não a ouviu, porque estava tentando juntar as palavras para dizer algo que gostaria que a mulher soubesse. Gostaria de lhe dizer que, enquanto olhava para ela, naquela noite, encolhida lá no buraco, tão arrumada e limpa — *limpa* —, sentira uma espécie de paz que depois nunca mais conseguira reencontrar, ou encontrara poucas vezes, diante de uma paisagem ou fitando o olhar de um animal. Gostaria de lhe explicar exatamente aquela sensação, mas sabia que a palavra *paz* não bastava para descrever o que lhe acontecera, e além disso não lhe ocorria outra coisa a não ser talvez a idéia de que fora como se encontrar diante de algo infinitamente *completo*. Como tantas outras vezes no passado, sentiu quão difícil era dar um nome a tudo o que lhe acontecera na guerra, era quase como se fosse um sortilégio que os que tinham vivido não podiam contar e os que sabiam contar não tiveram a sorte de viver. Ergueu os olhos para a mulher e a viu falar, mas não conseguiu escutá-la, porque seus pensamentos o levaram de novo embora e estava cansado demais para resistir a eles. Assim, ficou ali, encostado na cadeira, e não fez mais nada até que começou a chorar, sem se envergonhar, sem nem sequer esconder o rosto com as mãos, e nem tentou controlar a careta patética em que seu rosto se contorcia enquanto as lágrimas rolavam até a gola da camisa, deslizando sobre o pescoço branco e mal barbeado como o pescoço de todos os velhos do mundo.

A mulher se interrompeu. Não percebera de imediato que ele havia começado a chorar, e agora não sabia direito o que fazer. Inclinou-se um pouco para a mesa e murmurou algo, baixinho. Depois, instintivamente se virou para as outras mesas e, assim, viu que dois rapazes, sentados ali ao lado, estavam olhando para o homem e que um deles ria. Então lhe gritou alguma coisa e, quando o rapaz se virou para ela, olhou-o nos olhos e disse, alto:

— Sacanas.

Depois encheu de vinho o copo do homem e o aproximou dele. Não disse mais nada. Encostou-se novamente na cadeira. O homem continuava a chorar. De vez em quando ela lançava olhares zangados em torno, como a fêmea de um animal diante da toca dos filhotes.

— Quem são aqueles dois? — perguntou a senhora que estava atrás do balcão.

O garçom entendeu que ela falava dos dois velhos, ali na mesa.

— Está tudo bem — disse.

— Conhece-os?

— Não.

— O velho estava chorando, antes.

— Eu sei.

— Será que estão bêbados?...

— Não, está tudo bem.

— Mas você acha que é o caso de virem aqui para...

O garçom achava que não havia nada de mais em chorar num café. Mas não disse nada. Era o rapaz de sotaque estranho. Ele pôs três copos vazios no balcão e voltou para as mesas.

A senhora se virou para os dois velhos e ficou observando-os por algum tempo.

— Ela deve ter sido uma bela mulher...

Falou em voz alta, embora não houvesse ninguém para escutá-la. Quando era jovem, sonhara em tornar-se atriz de cinema. Todos diziam que era uma moça desembaraçada, e ela gostava de cantar e dançar. Tinha uma voz bonita, bastante comum mas bonita. Depois encontrara um representante de produtos de beleza que a levara à capital para fazer fotos de um creme para noite. Mandara as fotos para casa, dobradas dentro de um envelope, com uma pequena quantia. Por alguns meses experimentou o canto, mas a coisa não engrenava. Com as fotos era melhor. Laquê, batons, e uma vez uma espécie de colírio contra a vermelhidão. Desistira do cinema. Diziam que tinha de ir para a cama com todo mundo, e isso ela não queria fazer. Um dia ficou sabendo que estavam procurando garotas-propaganda para a televisão. Foi fazer o teste num estúdio de gravação. Como era desembaraçada e tinha uma bonita voz comum, passou nas primeiras três provas e, no final, foi a segunda das excluídas. Disseram-lhe que podia esperar, que talvez houvesse uma vaga. Ela esperou. Depois de dois meses acabou anunciando nos programas no rádio, na primeira estação nacional.

Um dia voltara para casa.

Fizera um bom casamento.

73

Agora tinha um bar, no centro.

A mulher — ali, na mesa — se inclinou um pouco para a frente. Fazia pouco tempo que o homem parara de chorar. Ele havia tirado do bolso um lenço grande e enxugara as lágrimas. Dissera:

— Desculpe-me.

Depois não falaram mais.

De fato, parecia que não tinham mais nada para entender, juntos.

E, no entanto, a certa altura a mulher se inclinou um pouco para o homem e disse:

— Preciso lhe perguntar uma coisa meio tola.

O homem ergueu os olhos para ela.

A mulher parecia muito séria.

— Que tal fazer amor comigo?

O homem ficou olhando para ela, imóvel e calado.

Assim, por um instante a mulher temeu não ter dito nada, e ter apenas pensado em dizer aquela frase, sem ter conseguido dizê-la de fato. Portanto, repetiu-a, lentamente.

— Que tal fazer amor comigo?

O homem sorriu.

— Sou velho — disse.

— Eu também.

— ...

— ...

— Sinto muito, mas somos velhos — disse ainda o homem.

A mulher se deu conta de que não pensara nisso, e que não tinha nada para dizer sobre o assunto. Então lhe ocorreu outra coisa, e ela disse:

74

— Não sou louca.

— Não importa se é louca. Realmente. Para mim não importa. Não é isso.

A mulher ficou algum tempo pensando e depois disse:

— Não precisa se preocupar, nós podemos ir a um hotel, o senhor pode escolher. Um hotel que ninguém conheça.

Então o homem pareceu começar a entender.

— A senhora gostaria que fôssemos a um hotel? — perguntou.

— Sim. Gostaria. Leve-me a um hotel.

Ele disse lentamente:

— A um quarto de hotel.

Falou como se, ao pronunciar a palavra, ficasse mais simples imaginar aquele quarto, e vê-lo, para descobrir se gostaria de morrer ali.

A mulher disse que ele não devia ter medo.

— Não tenho medo — ele disse.

Nunca mais terei medo, pensou.

A mulher sorriu, porque ele estava calado e ela achou que esse era um modo de dizer sim.

Procurou alguma coisa na bolsa, depois puxou um porta-níqueis e o empurrou sobre a mesa, na direção do homem.

— Pague com isso. Sabe, não gosto das mulheres que pagam no bar, mas eu o convidei e faço questão. Pegue. Depois me devolva, quando estivermos lá fora.

O homem pegou o porta-níqueis.

Pensou num velho tirando de um porta-níqueis de cetim, preto, o dinheiro para pagar a conta.

* * *

Cruzaram a cidade num táxi que parecia novo e cujos assentos ainda estavam cobertos com plástico. A mulher olhou o tempo todo pela janela. Eram ruas que ela nunca tinha visto.

Desceram defronte de um hotel chamado California. A placa subia na vertical pelos quatro andares do prédio. Tinha grandes letras vermelhas que acendiam, uma a uma. Quando a palavra ficava completa, piscava um pouco, depois se apagava totalmente e recomeçava desde a primeira letra. C. Ca. Cal. Cali. Calif. Califo. Califor. Californi. California. California. California. California. Escuro.

Ficaram algum tempo ali, um ao lado do outro, olhando de fora para o hotel. Depois a mulher disse Vamos e se dirigiu para a porta de entrada. O homem a seguiu.

O sujeito da recepção olhou os documentos e perguntou se queriam um quarto de casal. Mas sem nenhuma inflexão na voz.

— O que tiver — respondeu a mulher.

Ficaram com um quarto que dava para a rua, no terceiro andar. O sujeito da recepção se desculpou porque não havia elevador e se ofereceu para levar as malas.

— Nada de malas. Nós as perdemos — disse a mulher.

O sujeito sorriu. Era um homem simpático. Viu-os desaparecer pela escada e não pensou mal deles.

Entraram no quarto, e nenhum dos dois fez o gesto de acender a luz. Lá fora, a placa derramava lentos clarões vermelhos nas paredes e nas coisas. A mulher pôs a bolsa numa cadeira e se aproximou da janela. Afastou as cortinas transparentes e por algum tempo olhou lá para baixo, para a rua. Raros automóveis passavam, sem pressa. As janelas iluminadas na casa em frente contavam os serões domésticos daquele pequeno mundo, alegres ou trágicos — rotineiros. Ela se virou, tirou o xale e o colocou sobre uma mesinha. O homem esperava, em pé, no meio do quarto. Estava pensando se devia sentar na cama, ou talvez dizer alguma coisa sobre o lugar, por exemplo, que não era tão ruim. A mulher o viu, ali, de sobretudo, e o achou sozinho e fora do tempo, como um herói de cinema. Aproximou-se dele, abriu seu sobretudo e, fazendo-o deslizar pelos ombros, deixou que caísse no chão. Estavam bem perto. Olharam-se nos olhos, e era a segunda vez na vida deles. Depois, ele, muito devagar, se inclinou sobre ela, porque resolvera beijá-la nos lábios. Ela não se mexeu e disse baixinho: Não seja ridículo. O homem ficou imóvel, e assim permaneceu, levemente inclinado para a frente, tendo no coração a sensação exata de que tudo estava acabando. Mas a mulher levantou os braços devagar e, avançando um passo, abraçou-o, primeiro com doçura, depois apertando-se contra ele com uma força inexorável, a cabeça apoiada em seu ombro, e todo o corpo teso, buscando o dele. O homem estava de olhos abertos. Via defronte de si a janela piscando. Sentia o corpo da mulher que o apertava, e as mãos dela, leves, entre os cabelos. Fechou os olhos. Envolveu a mulher com os braços. E com toda a sua força de velho a apertou contra si.

Quando ela começou a se despir, disse sorrindo:

— Não espere nenhuma maravilha.

Quando ele se deitou sobre ela, disse sorrindo:

— A senhora é belíssima.

* * *

Do quarto ao lado vinha o som de um rádio, apenas perceptível. Deitado de costas, na cama grande, completamente nu, o homem fitava o teto perguntando-se se era o cansaço que fazia sua cabeça rodar, ou o vinho que bebera. A seu lado, a mulher estava imóvel, de olhos fechados, virada para ele, a cabeça no travesseiro. Estavam de mãos dadas. O homem gostaria de ouvi-la falar mais, mas entendia que já não havia nada a dizer, e que, naquele momento, qualquer palavra seria ridícula. Por isso calava, deixando que o sono confundisse suas idéias e lhe trouxesse a lembrança esmaecida do que acontecera naquele fim de tarde. Lá fora, a noite era indecifrável, e o tempo em que estava se perdendo, desmedido. Pensou que devia ser grato à mulher, pois ela o conduzira até ali pela mão, passo a passo, como uma mãe a um filho. Fizera-o com sabedoria, e sem pressa. Agora, o que restava fazer não seria difícil.

Apertou a mão da mulher na sua, e ela retribuiu o aperto. Gostaria de se virar e olhar para ela, mas o que fez depois foi largar sua mão e se virar de lado, dando-lhe as costas. Achou que era isso que ela estava esperando dele. Qualquer coisa como um gesto que a deixasse livre para pensar, e de certo modo lhe oferecesse alguma solidão para decidir o movimento derradeiro. Sentiu que o sono estava prestes a levá-lo. Ainda lhe ocorreu que não gostava de estar nu, porque iriam encontrá-lo desse jeito, e todos olhariam para ele. Mas não ousou dizer isso à mulher. Assim, apenas virou a cabeça para ela, não o suficiente para poder vê-la, e disse:

— Gostaria que soubesse que meu nome é Pedro Cantos.

A mulher repetiu lentamente.

— Pedro Cantos.

O homem disse:

— Sim.

Depois pousou de novo a cabeça no travesseiro e fechou os olhos.

Nina continuou por algum tempo a repetir mentalmente aquele nome. Deslizava sem asperezas, como uma bola de vidro. Sobre uma bandeja inclinada. Virou-se para olhar sua bolsa, em cima de uma cadeira, ao lado da porta. Pensou em ir pegá-la, mas não o fez e permaneceu deitada na cama. Pensou no quiosque dos bilhetes, no garçom do café, no táxi com os assentos cobertos de plástico. Reviu Pedro Cantos chorando, as mãos afundadas nos bolsos do sobretudo. Reviu-o enquanto a acariciava sem coragem de respirar. Jamais esquecerei este dia, disse consigo mesma.

Depois se virou, aproximou-se de Pedro Cantos e fez aquilo para que tinha vivido. Encolheu-se contra as costas dele: puxou os joelhos para perto do peito: juntou os pés até sentir as pernas perfeitamente alinhadas, as duas coxas suavemente unidas, os joelhos como duas xícaras em equilíbrio uma sobre a outra, os tornozelos separados por um vão: apertou um pouco os ombros e fez as mãos escorregarem, juntas, para o meio das pernas. Olhou-se. Viu uma velha menina. Sorriu. Concha e animal.

Então pensou que, por mais incompreensível que seja a vida, provavelmente nós a cruzamos com o único desejo de retornar ao inferno que nos gerou, e de viver ali, ao lado de quem, uma vez, nos salvou daquele inferno. Tentou pensar de onde vinha aquela absurda fidelidade ao horror, mas descobriu não ter resposta. Compreendia somente que nada é mais forte do que o instinto de voltar para lá onde nos despedaçaram, e de repetir aquele instante por anos. Pensando apenas que quem nos salvou uma vez pode depois nos salvar para sempre. Num longo inferno idêntico àquele de onde viemos. Mas inesperadamente clemente. E sem sangue.

Lá fora, a placa debulhava seu rosário de luzes vermelhas. Pareciam os clarões de uma casa em chamas.

Nina apoiou a testa nas costas de Pedro Cantos. Fechou os olhos e adormeceu.

Agradecimentos

Comecei a escrever este livro em minha temporada no Isabella Stewart Gardner Museum de Boston. É um lugar estranho. Uma espécie de casa patrícia veneziana. Mas sem Veneza. Tudo estava na fantasia da fundadora, uma colecionadora americana que encerrou entre aquelas paredes um colossal patrimônio de obras de arte, deixando-as aos pósteros com uma única condição: que não tirassem nada do lugar. Assim, tudo está como ela quis. É como ir visitar uma tia milionária da América. Vale o passeio, como se costuma dizer.

Quero lembrar aqui Pieranna Cavalchini e, com ela, todas as pessoas do museu que estiveram ao meu lado naqueles dias, com discrição bostoniana. Devo a elas o silêncio sem o qual nenhuma história pode começar.

A. B.

ESTA OBRA FOI COMPOSTA POR 2 ESTÚDIO GRÁFICO
EM MERIDIEN E IMPRESSA PELA BARTIRA EM OFSETE
SOBRE PAPEL PÓLEN BOLD DA SUZANO PAPEL E CELULOSE
PARA A EDITORA SCHWARCZ EM JUNHO DE 2008